첫사랑 주식회사

책 만 드 는 집 시 인 선 2 2 1

첫사랑 주식회사

설경미 시조집

책만드는집

이 궁핍한 시대에 글을 쓴다는 것은 무슨 의미를 갖는가? 열아홉 살에 했던 질문을 나는 지금 다시 하고 있다. 세월이 지나 같은 질문이 갖는 의미는 잘 견디고 잘 살아왔구나라고 스스로에게 박수를 보낼 수 있다는 것이다. 세상의 어떤 바람에도 당당하게 맞설 수 있다는 말이고 그만큼 나를 둘러싼 등껍질이 단단해졌다는 말인데 그 역시 내가 아는 좋은 사람들 덕분이다. 일일이 나열할 수 없는 그 사람들이 내게는 재산이고 넉넉함이고 따뜻함이다.

지면을 빌려 다시 한번 감사하다는 말씀을 드리고 싶다.

2023년 7월
설경미

| 차례 |

5 • 시인의말

1부

13 • 다시 슬도에 와서

14 • 시속 65km 속 풍경

16 • 돋보기로 봄을

17 • 마중

18 • 문득, 지갑을 열다가

20 • 탁본의 시간

22 • 코스프레

23 • 무량수전 앞에서

24 • 나비, 착불

26 • 가끔은 너처럼

27 • 해국길

28 • 점 혹은 선으로

29 • 아버지의 하루

30 • 첫사랑 주식회사

31 • 하늘 계단

32 • 장날

33 • 예감

2부

37 • 백련

38 • 만지도

39 • 꽃샘추위

40 • 동피랑

42 • 첫눈

44 • 마주 이야기

46 • 바람이 전하는 말

47 • 역습

48 • CCTV 파출소 가다

49 • 길 찾기

50 • 오 분

51 • 사는 이유

52 • 명승부

53 • 봄 길

54 • 손금

55 • 고립

3부

59 • 노숙인을 찍는 사진사

60 • 그날 새벽 둔치엔

61 • 소금꽃

62 • 소록도

63 • 배탈

64 • 여든의 외출

66 • 역류의 색

68 • 일시불로 산 봄

69 • 돌풍 이후

70 • 길 위로 흐르는 강

71 • 십리대숲

72 • 흰 꽃벽

73 • 갓바위 밤

74 • 노인정 일기

75 • 테트라포드

76 • 그곳

4부

79 • 아침고요수목원

80 • 오후 세 시의 붕괴

81 • 불국사역에서

82 • 팬데믹 형님

84 • 마이애미 탐문

85 • 배롱나무

86 • 당도리 띄워놓고

87 • 바람

88 • 아홉산에서

89 • 백결선생

90 • 추측

91 • 풍등

92 • 나의 봄

93 • 길 위의 잔상

94 • 날개는 상처 위에 돋는다

95 • 서울의 자화상

96 • ~구나 요법

5부

99 • 꽃의 비명

100 • 돌의 화법

102 • 건조한 사랑

104 • 속보

105 • 맹그로브

106 • 잠깐 동안

108 • 차마, 잊지 못하고

109 • 수목장

110 • 새 연락처

111 • 지옥 여행

112 • 토마토

113 • 소라귀 하늘

114 • 밀레에서

115 • 절규

116 • 홍무로의 봄

118 • 해설 _ 이정환

1부

다시 슬도에 와서

얼마나 그리워야 소리로 젖어들까
떠나보낸 이름조차 이마를 두드리는
곰보섬 뚫린 바위 속 해무가 휘감긴다

아기 업은 돌고래 암각화 뛰쳐나와
바다와 맞닿은 곳 제 그림자 세우며
물살로 솟구치는 몸 허공을 겨냥한다

바다로 가는 길이 다시 사는 일이어서
견디며 삼킨 울음 앙금으로 남은 말
한 겹씩 걷어낸 난간 간간이 말려놓고

그제사 돌아앉아 거문고 타는 섬엔
구멍 난 살점마다 홈 촘촘히 메우듯
얼마나 그리워해야 소리로 젖어들까

시속 65km 속 풍경

자기가
앉을 의자
밀고 가는
옆집 여자

모퉁이
돌 때마다
앞니 빠진
큰 소리로

으름장 놓는 관절을
따라가는 슬리퍼

비웃다가
갈라진 밑창
속도계가

붙어있다

툭툭 뱉는
혼잣말
살살이
발라내는

발톱 선 검은 길냥이
새초롬히 귀재다

돋보기로 봄을

마을이 수몰되자 거처는 그냥 두고
진달래 헛헛하게 올라가는 산비탈
산사의 풍경 소리에 몽그리고 내린 뿌리

발씨 익은 솔밭 길 선홍빛 쏟아진다
그제야 어른 되는 산사월의 초경이다
돌계단 발그레한 볼 꽃물 드는 길섶에

말 못 한 고민들이 돌멩이로 구르다가
군데군데 쌓여서 어리눅게 바위로 선
우듬지 소소리바람 풀어내는 저 봄 산

마중

요구르트 두 개가 마루 끝에 놓여있다
빈집을 살피다가 빨랫줄에 매달고 간
코숭이, 마당에 내려 걷어내는 저 고요

사람이 그리워서 대문에 귀를 걸고
십 분도 놓칠세라 꽃잎처럼 움켜쥔 채
이레 중 단 하루만은 기린 목이 되는 여든

자세를 바꿔 앉자 삐걱 우는 대문 새로
호박 넝쿨손이 앞서 나가 반긴다
무더기 은방울꽃이 피고 있는 블라우스

문득, 지갑을 열다가

사진 속 바람을
밖으로 걷어내자

당신을 데리러 온
책사 같은 나룻배

임해전
모서리 끝에
대각선을 긋는다

초승달 눈썹 위로
파놓은 긴 이랑이

전신을 옥죄이는
풀 냄새 눈물범벅에

빈 마음

둘 데 없어서

다시 치는 바람벽

탁본의 시간

가방 끝에 매달려
강 건넌 낡은 이력

금장대 바위 앞에
꿇어앉은 바람이

적어낸
실직의 사유
철쭉마저 떨군다

삐뚤게 새긴 글자
조용히 눈 맞추자

물새 떼
꼬랑지처럼
끝내 갈피 못 잡던

한때는 어긋난 구간
바코드로 읽힌다

시간을 후벼 파는
소나기로 탁본한

과거가 흘러드는 강
물끄러미 보는 저녁

밑바닥
모래가 된 말
푸른 물로 불어난다

코스프레

몇 바퀴를 돌아도 보이잖는 빈자리

오늘만, 딱 한 번만 내밀고 걸어본다

임산부 주차장에서 오십 줄에 분장놀이

허리에 손을 얹어 양심을 꾹 누르고

졸린 듯 눈 비비고 거짓말에 두리번

저기요 하는 소리에 지레 놀라 멈춘다

무량수전 앞에서
― 자화상

생생하게 산다는 게 잘 견딘 값이라며
가운데 둘레 굵게 물결무늬 새겨 넣고

허리라
이름 붙여서 걸어가는 배흘림기둥

손 짚어 느껴보니 실핏줄 흐르는 강
뜨거운 소용돌이 감고 도는 시름들

먼 하늘
땅을 잇대어 뿌리내린 채 서있다

나비, 착불

산돌림에 놀라서
날아든 노란 나비

연약한 날개라도
지켜주고 싶어서

내 목은
잠시
비긋는
나뭇잎이 되었다

줄무늬에 동살로
달라붙은 의미들이

속 다른 색을 내려
안간힘 쓰다 그만

갈라진

나비 목걸이

남도로 내려가다

가끔은 너처럼

안으로 말려가는 고목의 혀를 보자
나무가 되고 싶던 기다란 대벌레는
담갈색 꺾은 가지에 다리를 달고 산다

가다가 놀라거든 죽은 척해 버려라
사는 게 별거냐고 몸 낮추어 넘는 문턱
여벌 옷 서너 벌이면 난세도 읽어낸다

나무도 아니면서 숲에 들어 사는 족속
혹서에 뜯긴 살점 마디로 새겨놓고
상서장* 나뭇잎 편지 두고 뛰어내린다

* 신라시대 문신 최치원이 임금에게 글을 올리던 집.

해국길

두 사람도 비켜 가기 빠듯한 골목길
꽃대 길게 자라난 해국 계단 올라가자
비탈을 오르지 못한 파도 소리 따라온다

수탈에 덴 꼭대기 결박 풀린 소나무
용트림 하듯이 사뭇 으르렁거리며
드러낸 허연 이빨로 물어뜯는 갯바위

짐승 뼈대만 남아 비린내로 휘어진 골목
쇠락한 포구 마을 누구를 기다리는지
햇살은 감나무 새순 자꾸만 피워댄다

점 혹은 선으로

까마득한 절벽에
진종일 매달려

수많은 손톱자국
발자국을 캐는 그녀

설레는 접사렌즈엔
애무 중인 피사체

숨소리가 찍힌다
적벽 속살 보이지 않는

가파른 저 산에 들어
거미로 사는 여자*

몰입이 극에 다다라
완성되는 수채화

* 암벽을 찍는 사진작가.

아버지의 하루

비 오는 날 마당에 선 두 살배기 아버지
다 알지만 말을 않고 당신을 지켜냈던
지팡이 고개 돌린다, 허우룩한 빛 감추려고

대문을 넘어서면 돌아오지 못할까 봐
거북이 등에 붙은 따개비 떼어내듯
옷섶에 박힌 미련을 보풀처럼 뜯고 있다

왈칵 쏟는 울음보다 깊이 젖는 눈시울
가슴에 강 하나가 생겨나고 있나 보다
그 강엔 고집 센 아이 물장구치고 있다

첫사랑 주식회사

마지막으로 집어 든 고구마 말랭이
부드러운 봄날의 혀 느끼는 순간이다
그 사람 존재의 무게 전부를 받아들여

가슴을 녹일 만큼 입술에 펴 바르며
저 멀리 땅끝마을 아련히 넘어간다
에프 원* 첫사랑이라 그래서 달았구나

손끝에서 새록새록 풋내가 돋는다
사진 속 옷에서 날개가 퍼덕일 때
가끔은 시간의 덮개 들추는 게 낙이다

* F1: 제1 공장.

하늘 계단

배당받은 하루를 안전모에 욱여넣고
선심 쓰듯 바람 드는 비계를 오르내려
공들인 땜질의 시간 온전하게 세운 벽

땀내로 켜지는 초저녁 가로등 불빛
골목을 휘돌아 먼지 쌓인 어둠 닦고
쓴소리 불러 재우며 긴 다리를 뻗는다

양말은 구린내 품은 공벌레로 구르고
뒤척임도 사치여서 모로 누워 빠진 단잠
계단은 매운 안개를 검붉게 토해낸다

은행잎 제 빛에 취해 깨울 줄도 모르고
다 해진 발자국은 방향 잃고 헤매는데
새벽은 또 누구의 꿈 훔쳐내며 버틸까

장날

마늘에 누명 씌워
쥐어뜯은 앙가슴

난망타 내색 못 해
파뿌리로 추스르고

동살이 피기도 전에
좌판을 펴는 당신

흥정은 뒷전이고
오가는 발소리를

풍경처럼 듣고 있는
당신의 보퉁이엔

갈무리 못 한 침묵이
이제사 몸을 푼다

예감

마당귀 눌러앉은 백철솥이 끓는다
철 지난 옷가지가 몸부림치는 아궁이에
때 놓친 알곡 터지듯 시간이 타는 소리

궁글린 무릎뼈를 감싸 앉은 굽은 등
이월에 담근 장물 빠져나간 흔적 같은
허무가 빚어놓은 결 샛바람이 훑는다

아침에 찍은 사진 종일토록 손에 쥐고
눈깔사탕 아껴 먹던 입 벙근 아이처럼
연기에 눈이 매워도 벅차게 짓는 눈웃음

2부

백련

— 맹인 가수를 보고

진흙을 뚫고 나온 눈먼 꽃 소리 더듬어
지하철 5번 출구 계단을 올라온다
꽃대궁 하얗게 말려 지팡이로 짚고 가는

들무새를 자처한 서투른 그림자가
밀리는 스크래치 판 바람에 긁고 있다
상처라 읽은 자리가 가장 밝은 빛을 내는

가늠할 수 없는 어둠 가운데로 걷는 그녀
온몸으로 걷어낸 장막 푸르게 뉘어놓고
두렵게 헹궈낸 하루 수반에다 꽂는다

만지도

더위를 한풀 꺾어 물살로 묶었더니
마음을 매만지는 바람꽃이 피는 곳
모래톱 누운 자모음 세포분열 중이다

육지에서 가져온 빗금 친 감정들을
의심을 밀봉하여 간절히 새로 고침
내 안에 들여놓은 섬 갈피마다 빛난다

키 다른 꽃이 피고 색다른 말 기도 되는
한마디의 여백을 남겨놓은 질그릇
그 안에 제 뼈 구부려 들어앉은 나무처럼

괜찮은 사람으로 살아가기 위해서
곁에 늘 있으렴, 그 약속 뿌리 감아
몸짓을 엮은 연리목 오른쪽을 돌고 있다

꽃샘추위

달력은 춘분인데
들녘은 까막눈에

철없이 헤실헤실
소나기눈 쌓고 있네

엇박자 장단 맞추다
눈사람 된 홍매화

누군가 온다는 말
설레어 문을 여니

날 선 바람 눈 앞세워
잰걸음에 도망가다

어쩐담, 오늘의 운세
들켜버린 조급증을

동피랑

호령하는 소리 따라
골목까지 쫓아온 바다

놀라서 벼랑 위로
집들이 올라가고

지붕도
굴껍질 모자
뒤집어쓴 달동네

다닥다닥 숨 막힐 때
숨어든 붓 몇 자루

아이들 옷섶의 말
밥알처럼 비벼서

휘리릭, 짠 내 마른 벽
적어놓은 그림일기

첫눈

적막한 산골까지
잊지 않고 찾아준

손님이 반가워서
단박에 달려 나간다

할멈이 올 것만 같아
데워놓은 빈방에

허전함 널어 말리며
보고 싶다, 말 대신에

속절없이 장작개비
들었다 놓고 또 들고

돌아올 그날이 길 걸

짐작이나 한 듯이

층층이 쌓아놓은
손끝을 어루만지다

느닷없이 아궁이에
핀잔을 먹여본다

추운데 이는 뭐 하러
뽑았을까, 원 참 내

마주 이야기

위로 가는 보따리에
햇살 가득 담았을까

불장난 멈추란 말
침묵으로 붉은 동백

철부지
고집 달래기
꽃이 지면 끝날까

애틋하게 그은 선
넘는 데도 오십 년이

서로의 눈 속에서
먼 거리를 당긴다

무언의
깍지걸이로
뜨겁게 흐르는 강

바람이 전하는 말

아들 빚 유산으로 받았던 그 할매는
대낮에도 혼자서 숨바꼭질 바쁜데
어쩌다 초인종 소리 가끔 숨이 멎는다

허공에 빗장 치며 지켜낸 그 집으로
집달관 그림자가 해를 업고 들어오면
마당가 모래주머니 소금인 양 뿌려댄다

파킨슨 씨 부르다가 움푹 팬 하늘엔
다정도 병인 영감 정신줄을 붙잡고
대문 밖 웅성거리는 소문을 쫓아낸다

역습

함부로 꺾은 꽃은 아파도 내색 않고
송이째 떨어져도 눈물인 줄 모르더니
잊어라 한마디 속에 각인되는 기억들

다독이는 딱지 위로 돋아난 가시들이
바람을 등에 업고 숲으로 달려온다
성난 꽃 화사 버리고 나무의 날개 치다

밟고 섰던 꽃자리 수렁 된 줄 모르고
어리석게 돌아보면 거울이 말을 건다
견디는 그림자 아래 군락 이룬 바늘꽃

CCTV 파출소 가다

좁은 길
주차 시비
몸싸움 불붙었네

걸쭉한
육두문자
오가는 길바닥엔

혼자만
바쁜 CCTV
증인 출석 대기 중

길 찾기

땅거미 뉘엿뉘엿 깔리는 저녁 길에

치근대다 뺨 맞은 삐딱이 나무들을

비웃듯 구경하다가 갑자기 돋는 소름

솔숲은 달을 품은 가로등을 켜는데

잡생각 사로잡혀 눈 뜨고 길을 잃다

몇 바퀴 헛다리품에 날 가두는 으슥한 밤

오 분

파란불 횡단보도 거칠게 질주하자
그 위를 걷던 남자 흩어진 신혼의 꿈
두려움 길에 뿌리며 앞지르는 차 한 대

초겨울 밤공기를 가르는 배기음이
잽싸게 도망자의 목덜미를 움켜쥐다
세상에 가장 긴 오 분 추격전은 끝났다

사는 이유

군인인 아버지는 번지 점프 고수다
그 물에 발 담그면 저승이 코앞인데
쉼 없이 자식 울리는 끝 모르는 물놀이

꿈에 본 마누라를 또 볼까 두려워서
사나흘 뜬눈으로 미련을 불 밝히며
긴 인중 붙잡고 넘긴 기도 섞인 사발 물

아까운 내 새끼들 두고는 못 간다
기운찬 아버지는 혹독한 가을 밀며
봉덕동 노을 업고서 줄다리기 접전 중

명승부
-바둑

없어도 있는 듯이
곁눈질로 훔쳐보며

웃음기 걷어내고
마주 앉은 저 손끝

숨죽인 날 선 공방에
초연하게 드러나는

열아홉 씨줄 날줄
엮어 짠 선을 따라

돌무늬 희고 검게
정수의 다리 놓고

수백 개 꼭짓점 위로
올라서는 한 발 한 발

봄 길

복수초 산수유가
줄지어 들어오는

작은 창 햇살 속에
붓을 든 노화가의

캔버스 따라왔구나
물꼬 트는 샛강도

생금 넝쿨 줄기 따라
흘러간 물줄기가

다다른 돌확에는
소원 빌며 던져 넣은

동전이 다시 하늘로
메시지 전송 중이다

손금

아둔한 손가락 사이로 사뭇 달아나는
재물을 늦게 보고 오열하던 아버지
술 취해 비틀거리다 삼켜버린 집 한 채

금니박이 매제의 기만을 섞어 마신
벽창호 이 노릇을 그루박도 못하고
구 남매 키웠던 공은 한순간에 물거품 되고

술 담배 다 끊고도 끊지 못한 집착이
없던 병도 만들어 당신을 드러눕힌다
오누이 곰살맞은 정 대문 밖에 버려진 뒤

고립

서름한 눈발 앞에 말문이 막혔는지
알량한 자존심은 타협도 못 하고
박스에 눌려버렸다, 사람 물결 속에서

오라며 불러 모아 무섭게 가둬버린
두 얼굴의 본성을 발 묶인 뒤에야
알다니, 구멍돌에 낀 헝클어진 삼일아

수척한 낯빛으로 등걸잠에 빠져도
누군가 건네주는 따스한 물 한 모금
한기로 엄습해 오는 뼛속까지 녹인다

3부

노숙인을 찍는 사진사

걷다가 앉은 건데 어디에 눌린 듯이
어깨는 천근만근 떨리는 손 발아래
풀리는 삶의 무게가 분열증을 앓는다

나와는 다른 사람 편견을 버리고서
드물게 배어나는 웃음을 현상하다
밖에서 서서 자는 잠 덮쳐오는 한기에

한때는 누군가의 아버지였을 터인데
가던 길 돌아서서 손 한번 잡아주면
스스로 마음 녹이고 일어설 날 올 것을

그날 새벽 둔치엔

창백한 물의 안색 살피지 못했다

짐작이 의혹으로
깊어진 강바닥에

무엇을 더 숨기려고
입을 꾹 다무는지

살 속을 파고드는 침묵의 긴 여정에

실족인지 실종인지
도무지 알 수 없는

미궁 속 물보라 꽃만
철퍼덕 소리 낼 뿐

소금꽃
– 세월호 인양을 보며

삼 년을 숙성시킨 눈물이 비로 온 날
달려온 발아래로 노랗게 내린 어둠
한 번 더 안아보자 딸 아직도 뛰는 가슴

헌 실로 돌잡이한 엄마가 미안하다
새 옷 한 벌 준비 않고 여행 보내 미안하다
언제나 되돌아와서 이야기꽃 피울까

손끝이 기억하는 숫자를 눌러보니
열리는 집 안에는 놓고 간 가방 닮은
설익은 섬 하나 떠서 소금꽃을 피운다

소록도

일러주지 않아도
서로의 손발 되어

농포의 파열음을
메워가는 천형의 땅

바위로 날아오르는 보리피리 노래여

환부를 건드리는
꼬챙이를 버리고

맨손에 살 부비며
편견을 걸러내는

우리가 키웠던 섬이 유빙처럼 떠돈다

배탈

상 물리기 무섭게 부패된 감정들이

소요를 일으킨다
악천후도 겹쳤다

귀 열고 무릎 꿇려서
무슨 말을 하려는지

점적대 오른 닭이 홰를 친 까닭일까

가져서 얽힌 것을
비워서 풀라고

온종일 지짐거리다
거짓처럼 벗개는

여든의 외출

며칠을 눈 뜨고 잔
당신의 옷가지가

뒤척이는 소리에
아내는 잠이 깨고

방 안은 움푹 패었다
오 남매 배꼽처럼

눈길이 닿는 곳마다
온몸으로 만들어낸

굴곡과 생채기
무늬가 된 네 벽

문 앞에 도열한 바람

그를 바위라 불렀다

나이 들어 종잇장처럼
얇아진 잠귀에

새벽은 늘 베여있고
뭉개진 이탈과 점유

가슴은 울컥거리며
수위를 조절할 뿐

역류의 색

불편한 심기로
거부하는 손길에

변기가 저질렀던
과거가 소환되고

맑잖은
생각이 엉킨
내 몸의 은유들

맑거나 탁하거나,
이분법의 난제다

가랑가랑 고여버린
시큼한 입자들이

불신의
덩어리로 퍼져
몽롱해진 한 평 안

일시불로 산 봄

허리에 허기 감아 울타리로 살았어도
딱따구리 빈집처럼 늘 바람이 드나들고
주머니 탈탈 털어도 다 못 채운 자리로

길지 않은 시간이 돌고 있는 고목 둘레
살바람 근거리서 배수진을 치고 앉고
잔가지 쌓인 응석은 봄눈으로 날리는데

저 건너 횡단보도 사라지는 손가락에
깜빡이는 목숨처럼 아찔한 걸음걸음
쏟아진 햇살 무더기 눈이 부신 이 순간

마음의 갈피마다 징검돌 할배 얼굴
작약 피는 함박웃음 분할로 찍고 있다
골 진 등 온기로 메워 액자 속에 넣는 봄

돌풍 이후
－히말라야

회오리 몰아치는 가운데로 길을 내어
눈의 거처 어디에다 격자무늬 새기려고
몸으로 허물고 있나 얽매인 날 되작이며

시커먼 목젖 감춘 벽 아래로 걸어가는
영혼의 그림자를 스스로 짊어지고서
그토록 긴 발품 들여 왜 전부를 배틀었나

높은 하늘 낮달은 안쓰럽게 내려다보며
손 뻗을 길 없어서 가슴만 동동 뛰고
바람이 낚아채기 전 벼리라도 당길 것을

산 까마귀 소리 덮어 꼭대기에 매단 적막
올라가던 많은 생각 눈보라에 파묻히던
백시의 안타까운 빛 만년설로 쌓인다

길 위로 흐르는 강

당신의 기억 자 등 펴라고 끌던 수레
주름살의 깊이로 떨어진 파짓값이
발등을 누르는 저녁 횡단보도 깊은 강

흐르는 물 없어도 발이 젖고 옷이 젖어
천근만근 더해지는 저울 밖의 무게가
다 닳은 신발 밑창에 어둠으로 깔린다

욱여넣은 약봉지가 삼키는 하루 품이
혼자서 버거운 걸음 굳은살로 밀고 간다
꿈인 듯 들이키는 물 빨려드는 국자별

산 같은 언덕을 몇 번씩 올라야만
열리는 문간방 여기가 환한 천국
하루가 양은 소반에 늦저녁을 차린다

십리대숲

새벽이 오나 보다 수런거리는 대숲에
돌풍에 허리 꺾인 수문장 왕대들
딴생각 시답잖은 말 걸러내지 못해서

아직도 못다 한 정 주고 갈 게 남아서
죽통밥 한 그릇에 육허기를 채운다
강물은 푸른 들 들어 노을을 들여놓고

그 자리 새살 돋아 소국이 저리 지천
멀리서 내가 온 것도 향기에 취해서다
난 자리 야물게 익어 팽창하는 십리대숲

흰 꽃벽
– 어떤 투신

하루 종일 걸러냈던 모난 돌의 모서리
주머니 가득 넣고 갈무리 나선 새벽
바람은 이슬을 깨워 조등을 걸고 있다

의혹이 꽃씨처럼 잔해로 남은 화단
그리운 걸 말 못 하고 등 돌려 수습하는
나무의 거친 숨소리 어딜 향해 가는가

주워 담지 못한 말 주워 담은 별의 뼈
두 물줄기 갈라지는 틈에 쌓인 세모벌은
얼마나 흘려보내야 물의 속을 이해할까

반송된 시간들을 온몸에 칭칭 감고
폭염을 뚫고 가는 생각을 허물지 못해
가까이 다가갈수록 높아지는 흰 꽃벽

갓바위 밤

등짐으로 지고 왔던 두터운 미련들을
한 줄기로 내보내는 해우소 바로 앞에
그 깊이 모를 뿌리로 피어있는 흰 동백

소원지 건 가지마다 무거운 뜻 내려놓듯
정갈한 꽃술마다 노랗게 맺힌 비밀
얼마나 젖어 올라야 하늘마루 너를 볼까

통통 부은 종아리로 그림자를 업어도
엎드린 발자국은 애가 타서 바라보고
온 숨을 위로 드밀어 눈에 넣는 돌모자

노인정 일기

십 원짜리 동전 위에 한나절을 얹어놓고
매듭 풀어 삶은 국수 토렴하는 기억들이
콩 볶듯 탁탁거려도 한 그릇에 다 담긴다

노인정 밥시계는 침도 추도 없지만
칠팔십 명줄 같은 퍼진 국수 씹고 산다
동전의 양면 같은 날 날마다 점치면서

마당가 새소리도 반가워 말을 거는
서울댁 할머니 안경 너머 눈이 붉다
고독을 생으로 꺾어 고사리 되말리는

테트라포드

열 길 물속 다 알고 나와 앉은 바다사자
아욱 아욱 부르며 무리를 덮는 소리
모녀는 넋을 놓은 채 무등 타는 밤바다

사방으로 뻗은 발도 잡지 못한 너의 손
맴도는 소리 모아 하얀 물꽃 터지는데
찢어진 편도 티켓의 갈치잠에 섬이 깬다

꿈결에 휘둘렸다 놓쳐버린 깊은 눈빛
맡기고 떠난다고 말이라도 남기지
진종일 찾아 헤매다 굳어버린 구멍 돌

그곳

험하게 뱉은 말은 부메랑으로 오느니
멍하니 쳐다본 그곳 하늘만 움푹 파여
그 안에 피는 꽃구름 당신인 듯 보입니다

그리운 눈동자가 서리태로 익는 밤에
얇아진 귀를 대자 수십 마디 약속의 말
새까만 진주로 와서 촘촘히 박힙니다

지도에도 없는 그곳 엎드린 자리 위로
바람이 허공에다 숨은 층계 낼 줄이야
땅끝에 신발 한 짝은 그림자로 자랍니다

4부

아침고요수목원

나무는 처음부터 이렇지는 않았을걸
누구를 부르려고 애두름에 섰는지
바람결 그대로 휜 채 푸네기를 보듬는

입고픈 걸 참느라고 타래져 간 적막이
구부러진 가지 끝에 깃을 터는 새처럼
익명의 바람 줄기로 수목원을 깨운다

어깨쭘 내어주며 기대고 사는 것이
향 맑은 옷 한 벌로 천년 가는 길이라고
날마다 행서로 쓰는 묵언집의 하루치

오후 세 시의 붕괴

서로를 보듬다가 더 보듬지 못한 살이
푸석하게 떨어지는 도시의 한가운데
거대한 뼈를 드러낸 생선처럼 걸려있다

비늘도 아가미도 살아서는 빛나던 생
덕장에서 꾸둑꾸둑 마르고 싶은 꿈이
어느 날 낱낱이 찢겨 흩어지는 종잇장

눈앞에 놓인 벼랑 아찔한 천 길이라
고기압 중심부에 하강기류 계속되고
자꾸만 흘러내리는 눈물 머금은 하늘아

불국사역*에서

붙잡을 수 없어서 애틋하게 보낸 기차
허공을 어루만지자 드러나는 윤곽이
사십 년 외길 역무원 아버지로 떠오른다

수만 마디 독백을 삼키는 기적 소리
이제야 알 것 같아 다시 듣는 이곳에서
자갈돌 먼 진동에도 일제히 일어선다

찬바람 견딘 역사 모를 리 없는 결별
그 두께 벗기며 도는 향나무 그림자
노제를 마친 선로에 붉은 명정 덮인다

* 103년의 역사를 뒤로하고 복선 전철화로 폐역이 됨.

팬데믹 형님

가위눌린 꿈 꾸다
벼랑으로 떨어진 날

송이 따다 발 헛디딘
경태 형님 떠났다고

갈잎은
생채기 덮어
달빛으로 보듬었지

관광버스 서너 대
몇 계절 실어놓고

마당가 쪽파밭에
아리게 묻은 심장

동산*을
들락거리다
단풍나무로 붉었지

마이애미 탐문

바다를 오래 보다 주저앉은 그 집에
드러난 앙상한 기둥 등뼈로 휘어졌다
열십자 휘장을 두른
바람이 감식한 잔해

뒤엉킨 더미 속으로 떨어지는 맥박이
두벌잠에 뒤척이는 아이를 들깨우고
벽 안에 숨어 살았던
그의 행방 묻는다

참다못해 터지는 비명 같은 울음이
쩍쩍 금 가는 벽 잡지 못해 소리친다
배후는 짠물의 칩거
눈감아 준 당신이라고

배롱나무

오가다 본 나무가 꽃 피울 줄 몰랐고

그 나무 그늘 아래 나 머물 줄 몰랐네

자잘한 꽃잎 흔들며 귓속말을 던져도

짓궂은 바람인가 허공을 쳐다보며

스스로 키를 낮춰 들을 줄 몰랐는데

간지럼 살살 태우며 붉은 마음 훔치네

당도리 띄워놓고

너무 붉어 눈물 난다 거짓말하는 순간
이별인지 사별인지 농도를 가늠하는
당단풍 아홉 갈래 잎 가슴께로 떨어진다

예순이 넘은 여자 쉰이 넘은 여자
어느새 현관문이 낭군이 된 두 여자
열세 평 좁은 바다에 빈 당도리 띄워놓고

마른 수건 물 축이듯 늘어놓는 방백이
두 갈래 혓바닥의 뱀으로 기고 있다
사는 게 다 그렇지요 한마디로 뚝 끊고

겉으로 내색 않고 속으로 태질하는
드센 소용돌이 용케도 견디는데
찻잔에 날 가둬놓고 입고픈 걸 푸는 그녀

바람

떨리는 잎사귀 끝 사마귀가 보인다
정갈한 더듬이를 앞세워 찾은 수컷
잠시도 눈 뗄 수 없는 격렬한 끝 사랑에

알지만 유혹을 이기지 못한 날갯짓
목숨 건 욕망의 숲은 오뉴월도 뜨거워
진하게 달아오르는 햇귀 뻗는 섬이다

사알짝 연두에서 초록을 껴입은 듯
바람을 거스르지 못한 향기가 휘감기는
색 짙은 숲을 대하는 기본자세는 몰입이다

아홉산*에서

까맣게 타버린 속 말갛게 씻기는 날
대숲 훑는 바람 소리에 청록빛이 묻어나고
첫발을 들이는 순간 댓잎 박수 쏟아진다

놓쳐버린 시간을 따라잡을 수 있게
더듬더듬 층계를 내는 맹종죽 굵은 마디엔
보내기 서운한 눈빛 큰 글씨로 읽히건만

나무라 빌린 이름에 누가 될까 두려워
선 채로 찬 바람을 다 맞아도 웃는 낯으로
어린것 올곧게 키운 어머니가 보인다

* 기장에 있는, 대나무가 잘 가꿔진 산.

백결선생

담 넘어온 저녁연기에 허기 도는 이녁은
쌀바가지 빈 바가지 말을 잇지 못하니
처마 밑 싸락눈이 쌀알처럼 내린다

속속들이 헤아리듯 휘젓는 갱죽으로
섣달그믐 긴 밤을 건넜다는 사실들이
참다가 몰래 피우는 눈물꽃으로 글썽인다

토해낸 햇살 무더기 마을로 던지자
오동나무 받아낸 소리 낭산을 깨우는데
여섯 줄 거문고 흥에 모여드는 사람들

추측

언덕 위 집을 두고 어디로 갔느냐고

낡은 목숨 담보로 인출한 뱃고동 소리

아직도 겹으로 붉은 출항기로 펄럭인다

가슴장화 신은 채로 어디에 있느냐고

질문에 차오르는 방파제만 외로 길다

물속에 발자국 묻어 유물로 되찾는 밤

풍등

쉬는 것도 허락 못 한
이방인 손에 끌려

다시 올린 먼 하늘
먼지 쌓인 말들이

바람에 멱살 잡힌 채
몸 사르는 중이다

낯설음 태우는 일이
저리 오래 길어서야

누구를 끌어안고
살 부비며 같이 살까

요란한 몸짓 부수며
서름함 털고 있다

나의 봄

꽃씨 든 돌부리를 내게로 걷어차니
무르팍은 서둘러 동백을 피워내고

쓰려라
입술 언저리
욱신거리는
붉은 말

길 위의 잔상

소나기 한줄기가 씻김굿하듯 길을 닦자
단단한 등껍질의 늙은 거북 최 씨는
고집의 방패막이인 파지 위로 눈이 간다

마르게 쌓아 올린 하루 품이 젖었다
살다가 내쳐지고 일그러진 군상들
수레 위 쟁여놓은 생애가 밧줄에 매달려

턱까지 찬 숨으로 올라왔던 지하도
어차피 왔다 갈 걸 바람으로 오든지
좀생이, 불쑥 나타나 어깃장 놓고 가는 비

날개는 상처 위에 돋는다

곪아도 말 못 했다 내 무덤 내가 파서
고집이 날 가두는 어리석은 구덩이에
스스로 발 들여놓고 상처 보고 벽을 쳤다

갈수록 캄캄해지는 그 겨울 찬 바람을
뚫고야 돌아보니 섰던 데가 벼랑인걸
고생도 약이라 덮어 곰삭히는 거짓말

마주친 내 삶 앞에 내가 놀라 멈춰 서고
읽지 못한 행간의 뜻 과거라 덮씌운다
그래도 살 만했다고 에두르며 웃었다

서울의 자화상
- 집중호우

친구가 친구를 해코지한 뉴스가 뜨자
들끓는 소문은 폭염을 부추기고
땅땅땅 미필적 고의 여죄를 캐는 하늘

주삿바늘 같은 소나기로 모자라
오다가 들여다본 반지하를 덮치고
사나운 물짐승 떼가 할퀴는 항아리 터

흐르다 솟구치고 토사곽란 하는 도시
울다가 웃다가 가끔은 정신을 놓는
화가로 전이된 통증 요란하게 끝이 났다

~구나 요법
-J씨 암 진단 후

뼛속을 파고드는 통증에 힘들겠구나
더는 줄을 대지 마라 살가죽 흉 질라
여지껏 살아온 것이 맞는 말 아니라고

몇십 년 지난 세월 해명도 어렵겠구나
그때는 맞고 지금은 틀리더라도
못 버린 아집 덩어리 날 삼키는 중이라

거미줄 끌어당겨 내건 단풍 걸작이구나
이승의 마지막 기척 이리도 곱단 말인가
남기고 갈 것이 없어 허공에 핀 화석 하나

5부

꽃의 비명
— 영화 〈덕혜옹주〉를 보고

돌아오지 못해서 접어든 그리움은
숭고한 황매화 꽃대로 말라가고
눌러쓴 손 편지 위로 내려앉은 잔상은

파도가 뱉는 거품에 기억을 토렴하고
까닭 없이 붉어지는 눈시울 감추려다
곁에 선 그림자 안고 속으로 울부짖는다

매화꽃 다 진 뒤에 키 크게 자라올라
어디서든 눈치 안 보고 살고 싶다 외치는
앞서간 외씨버선 쫓으며 빠져드는 환상 속

돌의 화법

못난이 돌 하나를
가슴 밖으로 던지며

잊었다 외쳤는데
스멀스멀 되살아나

발등에
낯선 흉터로
조여오는 시간이

북받치는 감정을
묵새기듯 힘들고

멀쩡하게 성한 돌
다시 들기 울연해

보내고
놓지 못하는 손에
지문을 지워댄다

건조한 사랑

몇 번의
외통길 돌아
당신에게 갑니다

얇은 몸 비벼대며 구르는 갈잎들이

가쁜 숨
호수에 풀어
속엣말을 합니다

격하게
안고 싶지만
저만치
거리를 두고

이 말 저 말 다 빼고 춥데이 빨리 타라

입보다

백 배나 더 큰

차문을 열어놓습니다

속보

동자동 쪽방골목 첫 번째 전봇대가
매물로 나온 달방을 허리춤에 매달고
아파트 재개발 뉴스 숨이 차게 듣는다

번듯한 내 집에서 살아보려 기다린 김 씨
헐값에 튕겨 나간 문고리만도 못한 날에
불빛은 푸석한 기억 닦으며 퍼지는데

판자처럼 얇아진 가슴팍에 볕이 드는
그날을 기다리다 길어진 긴 목으로
살다가 실컷 살다가 철새처럼 떠난다

맹그로브

그토록
흠모하던
바다에
몸을 던져

거칠게
달려드는
바람을
내치느라

뿌리는
물 밖에 내고
물속을 지키는가

잠깐 동안

붉은 감잎 진 자리 뛰던 그가 멈춘 자리
납작하게 엎드린 채 무엇을 찾는 건지
가는 길 방향 몰라서 구도자로 꿇었다

돌아오지 않는 강바닥을 후벼 파며
맨발로 젖은 음표 캐내고 있었을까
노래는 들리지 않고 바람만 오선을 긋네

급히 청한 허름한 잠 훌훌 털고 일어나
가슴속 불꽃으로 온 산을 지펴놓고
혼자서 어느 골짜기 숨 가쁘게 넘는지

빼앗긴 신새벽 아침을 삼킨 저 산
금이 간 새 폴더 잦은 기침 새 나온다
무게를 잃어버린 말 울타리도 못 되고

고삐 풀린 소 울음에 가슴이 짓눌려서
찬 이슬 등걸잠에 날 새는 줄 모르는
햇살을 그러안고서 비나리를 하고 있다

차마, 잊지 못하고
– 귀소

불 속을 헤쳐 온 등허리가 무거워
자식처럼 거둔 소 빗장을 풀어주고
야들아 얼른 나가라 여 있으면 죽는데이

한뎃잠 사흘 밤이 십 년인 듯 더딘 탓에
숯덩이 가슴 안고 달려간 빈터에는
화근내 잔등에 업고 앉아있는 누렁이

왔구나 내 새끼들 살아서 돌아왔구나
그을린 눈망울이 씀벅거리며 쳐다본다
어린것 뜨거운 혀로 핥아대며 찾아온 곳

수목장

주머니 달지 않아 가벼운 옷 한 벌로
어느 문 열어두고 어디로 가시는지
손 뻗어 잡지 못하고 들썩이는 어깨만

바보처럼 살고도 여한 없다 하더니
눈 못 뜨고 누워서 와불이 되려는가
더듬이 잘린 달팽이 기어가는 나무에

단풍이 산을 타고 내려올 그때쯤에
놓고 온 보자기에 묶어둔 분홍 연정도
봄이면 비탈에 서서 철쭉으로 필 텐데

새 연락처

전화기 속으로 지산*이 들어온 날
내 뒤란에 생겨난 큼직한 뒤주 하나
양심을 열어젖히는 등불 들고 서본다

안 들려도 괜찮다 말 못 해도 괜찮다
부대끼며 살아보자 내 곁에 서 있으마
한 번쯤 당당하게 서 박수 치는 날 보며

퍼주고 살아보자 돌아갈 길 수월하게
보이든 안 보이든 수수하게 사람을 잇는
손끝 향 만 리로 퍼져 다시 찾는 들마루

서악동 길모퉁이 사붓사붓 걷다 보면
지천인 구절초가 날 불러 세우는데
꽃보다 달가운 지산 산처럼 살고 있다

* 경북농아인협회 김하곤 후원회장의 호.

지옥 여행

― 일본 벳푸에서

살아서 처음 가는
지옥문 앞에 서서

나 이제 가노라고
종을 쳐 알려놓고

파르르 떨리는 눈가
누가 볼까 두렵다

돌아선 등 뒤에선
도깨비가 노려보고

내뿜는 연기 너머
손안에 타는 촛불

버렸다 끓는 물 속에
엉켜있던 애증을

토마토

수줍게 푸르다가
사나흘 속살거려

집 나온 며칠 만에
세상 구경 물오르는

서둘러 잔부끄러움
덮고 웃는 아가씨

뒤태에 홀린 눈빛
다가가면 꿈이 깨고

너무 붉어 터지는
석류알 닮은 꼴이

두 팔로 안아주고픈
애살 많은 여인이구나

소라귀 하늘

이사 오던 이튿날 관음죽 꽃대 위에
수두를 앓은 듯한 두꺼비가 보였다
베란다 열린 창으로 심부름 온 귀한 몸

손등에 모래 덮어 외우던 주문처럼
그 약속 지키려고 고심하다 파인 자국
헌 집을 가져간 뒤로 얼금뱅이가 된 채로

혼자서 내뱉은 말 하늘이 아는가 보다
짐 잔뜩 걸머지고 올려다본 까닭에
살뜰히 마음 가는 곳 짚어가며 귀를 여는

밀레*에서

칼국수로 마주 앉은 첫 만남은 서툴렀다

아무리 팔 뻗어도 닿을락 말락 하던 시간

젓가락 어루만지다 수줍게 감겨오는

이태 전 던진 말로 고명 얹어 맛을 여민

면발을 끌어당기는 후루룩 후렴구가

싱거운 고추 한 입에 요란하게 잘린다

겉도는 결 고운 말 들깻가루로 섞이다가

깍두기 국물 같은 술적심에 넘어가는

아~ 하고 끝난 간투사 편도만 붉은 고백

* 칼국숫집 이름.

114

절규

상어에게 찢긴 물범이
아프다 소리칠 때

물범이 물고 흔들던
펭귄 생각이 났다

시간을 되돌릴 수 없는 한 살 수 없다는 걸

공포로 돌아가는
생명의 톱니바퀴가

거칠게 일러주는
푸른 언어 알아차릴 때

결국은 큰 고래 배 속 안착인지 불시착인지

홍무로*의 봄

겨울을 밀어낸 함성
가지 끝에 터지자

화사가
겹
겹
이라

할 말 잃은 홍무로에

활처럼
등이
흰
달빛

꽃보라 속 파고든다

강물 위로 해끗해끗

꽃눈 뿌리던 바람도

서천 위로
꺼억
꺼
억

다리 놓던 새 울음도

꽃무늬
차렵
이불
에

단꿈 젖는 밤이다

* 경주터미널서 서천교 건너 우회전하면 만나는 강변로 벚꽃 길로
유명함.

'그리워야'와 '그리워해야' 사이의 시학

이정환 시인

1

설경미 시인은 경주문예대학 연구반에서 여러 해 동안 절차탁마에 힘썼다. 그 과정에서 중앙시조백일장 월말 장원을 비롯하여 수차례 공모전에서 입상을 했고, 2018년에는 대구시조 전국 공모전 장원을 하여 한 정점을 찍었다. 이러한 탄탄한 실력을 바탕으로 마침내 2021년 〈농민신문〉 신춘문예 시조 부문에 당선이라는 쾌거를 이루었다. 남다른 열망과 부단한 노력의 결실이었다.

시를 쓰는 모든 이가 눈여겨보아야 할 이야기를 최영철 시인이 아래와 같이 하고 있다. 뼈에 새길 말이다.

시는 애당초 소수에 의해 생성되고 유지된 적빈무의의 장르였다. 굳이 시의 위기를 논해야 한다면 다산과 과식으로 뒤뚱거리는 시의 범람을 지적해야 한다. 지금 시는 분명 과체중 상태다. 무엇인가를 잔뜩 집어먹어 터질 것 같은 배를 부여잡고 뒤뚱뒤뚱 걸어가고 있다. 지나치게 많이 알고 있고, 많이 가지고 있고, 많이 말하려 하는 이 과적 상태를 벗어던지지 못하는 것이 시의 위기일 것이다.*

다른 그 무엇보다도 "많이 말하려 하는 이 과적 상태를 벗어던지지 못하는 것이 시의 위기"라는 점에 주목해야 할 것이다. 특히 시조는 간명과 간결한 세계가 주요한 한 덕목이다. 작품 속에 지나치게 많은 것을 담으려고 하다가 시를 그르칠 때가 있기 때문이다. 그러므로 작은 것을 깊이 있게 형상화하려는 자세가 무엇보다 중요하다. 다변의 시대에 간명을 추구하는 일은 시조를 더욱 빛나게 하는 길, 시조로 세상을 추동하는 힘이 될 것이다.

---

* 최영철, 우리 시대의 시인정신(시인정신, 2022년 가을호).

그런 점에서 〈농민신문〉 신춘문예에 당선했을 때 그가 한 말을 다시금 되새길 필요가 있다. "힘든 글쓰기 견뎌 영광… 가슴 따뜻한 시조 써나갈 것"이라는 다짐이다.

2

시를 쓰는 일은 곧 사는 일이다. 그러므로 시인에게 시 쓰기는 숨을 쉬는 행위와 다르지 않다. 쓰지 않으면 살아 있지 않다고 볼 수 있으므로 시인은 늘 쓴다. 써야 한다. 목숨의 등불이 간들거리는데도 끝내 붓을 놓지 아니한 한 시인을 안다. 우리 모두가 사랑했던 시인은 숨이 멎기 전까지 쓰고 썼다. 쓰기를 중지하지 않았다. 의식이 가물가물하고 손끝이 떨렸지만 썼던 것이다. 모름지기 시인이라면, 시에 목숨을 건 이라면 그렇게 살아가는 것이 마땅할 것이다.

설경미 시인도 예외가 아니다. 그도 쓰는 일을 멈추지 않는다. 이번 첫 시조집이 바로 그 결과물, 아름다운 결정체다. 세상 모든 일들을 시조에 초점을 맞춘다.

등단작을 보자.

얼마나 그리워야 소리로 젖어들까
떠나보낸 이름조차 이마를 두드리는
곰보섬 뚫린 바위 속 해무가 휘감긴다

아기 업은 돌고래 암각화 뛰쳐나와
바다와 맞닿은 곳 제 그림자 세우며
물살로 솟구치는 몸 허공을 겨냥한다

바다로 가는 길이 다시 사는 일이어서
견디며 삼킨 울음 앙금으로 남은 말
한 겹씩 걷어낸 난간 간간이 말려놓고

그제사 돌아앉아 거문고 타는 섬엔
구멍 난 살점마다 홈 촘촘히 메우듯
얼마나 그리워해야 소리로 젖어들까
－「다시 슬도에 와서」전문

「다시 슬도에 와서」는 갯바람과 파도 소리가 거문고 소
리로 들린다는 섬 이름에 기인한 사연들을 기승전결 네
수로 잘 갈무리한 수작이다. 구와 구의 마디도 안정감이

있고, 장과 장의 알맞은 매듭 처리로 말미암아 여운도 깊
다. 또한 거문고 소리를 애절한 그리움으로 보고 수미상
관 형식으로 처리한 것도 탄탄한 습작의 시간이 엿보인
다. 첫 수 초장 "얼마나 그리워야 소리로 젖어들까"와 넷
째 수 종장 "얼마나 그리워해야 소리로 젖어들까"가 감정
의 선율을 보내고 받는 미적 장치로 놓여있는 점이 이 작
품의 묘한 매력이다. 여기서 우리는 "그리워야"와 "그리
워해야" 사이의 의미상 다른 울림을 눈여겨보게 된다. 아
울러 셋째 수 초장 "바다로 가는 길이 다시 사는 일이어
서"라는 의미심장한 대목이 이 작품을 문학적으로 한껏
끌어올리고 있는 점을 주목해야 할 것이다.

그는 요즘 세태를 주목하고 있다. 바로 「마중」에서다.
마중이라는 말은 듣기만 해도 설렌다. 반가움이 저절로
묻어난다. 누군가를 맞으러 가는 일은 행복하다. 인생이
만남의 연속일진대 심히 들레게 하는 마중을 통해 우리
는 살아가는 의미를 찾기도 한다.

요구르트 두 개가 마루 끝에 놓여있다
빈집을 살피다가 빨랫줄에 매달고 간
코숭이, 마당에 내려 걷어내는 저 고요

사람이 그리워서 대문에 귀를 걸고
십 분도 놓칠세라 꽃잎처럼 움켜쥔 채
이레 중 단 하루만은 기린 목이 되는 여든

자세를 바꿔 앉자 삐걱 우는 대문 새로
호박 넝쿨손이 앞서 나가 반긴다
무더기 은방울꽃이 피고 있는 블라우스
　－「마중」전문

비 오는 날 마당에 선 두 살배기 아버지
다 알지만 말을 않고 당신을 지켜냈던
지팡이 고개 돌린다, 허우룩한 빛 감추려고

대문을 넘어서면 돌아오지 못할까 봐
거북이 등에 붙은 따개비 떼어내듯
옷섶에 박힌 미련을 보풀처럼 뜯고 있다

왈칵 쏟는 울음보다 깊이 젖는 눈시울
가슴에 강 하나가 생겨나고 있나 보다

그 강엔 고집 센 아이 물장구치고 있다

　－「아버지의 하루」전문

　「마중」은 간절하게 읽힌다. 화자는 "요구르트 두 개가
마루 끝에 놓여있다"라는 외로운 장면 제시를 통해 이미
하고 싶은 말을 다 하고 있다. 세밀한 묘사는 이어진다.
"빈집을 살피다가 빨랫줄에 매달고 간/ 코숭이, 마당에
내려 걷어내는 저 고요"라는 밀도 높은 형상화가 눈길을
사로잡는다. 그뿐이 아니다. 둘째 수에서 "사람이 그리워
서 대문에 귀를 걸고/ 십 분도 놓칠세라 꽃잎처럼 움켜쥔
채/ 이레 중 단 하루만은 기린 목이 되는 여든"이라는 잘
짜인 직조 과정을 통해 적막한 분위기를 한껏 클로즈업
한다. 끝 수 "자세를 바꿔 앉자 삐걱 우는 대문 새로/ 호박
넝쿨손이 앞서 나가 반긴다"라고 넌지시 말하면서 오로
지 마중에만 집중하고 있는 한 노년을 명징하게 그리고
있다. 그 순간 "무더기 은방울꽃이 피고 있는 블라우스"
의 주인공이 나타난 것이다.「마중」은 이렇듯 애절하기
까지 하다. 사람 사는 일이 과연 무엇인가 하는 물음을 던
지게 만든다.
　「아버지의 하루」는 앞서 살핀「마중」과 연계되어 있다.

"비 오는 날 마당에 선 두 살배기 아버지"와 「마중」의 등
장인물이 다른 이라는 느낌이 들지 않기 때문이다. 그런
점에서 "다 알지만 말을 않고 당신을 지켜냈던/ 지팡이
고개 돌린다, 허우룩한 빛 감추려고"라는 대목은 의미 있
게 다가온다. 이어서 "대문을 넘어서면 돌아오지 못할까
봐/ 거북이 등에 붙은 따개비 떼어내듯/ 옷섶에 박힌 미
련을 보풀처럼 뜯고 있"는 장면도 그렇다. 그리하여 "울
음보다 깊이 젖는 눈시울"로 말미암아 "가슴에 강 하나가
생겨나"게 되었다고 보면서 "그 강엔 고집 센 아이 물장
구치고 있다"라는 진술을 통해 '아버지의 하루'가 힘겹게
영위되고 있는 것을 보여준다.

    생생하게 산다는 게 잘 견딘 값이라며
    가운데 둘레 굵게 물결무늬 새겨 넣고

    허리라
    이름 붙여서 걸어가는 배홀림기둥

    손 짚어 느껴보니 실핏줄 흐르는 강
    뜨거운 소용돌이 감고 도는 시름들

먼 하늘
땅을 잇대어 뿌리내린 채 서있다
　–「무량수전 앞에서 – 자화상」전문

까마득한 절벽에
진종일 매달려

수많은 손톱자국
발자국을 캐는 그녀

설레는 접사렌즈엔
애무 중인 피사체

숨소리가 찍힌다
적벽 속살 보이지 않는

가파른 저 산에 들어
거미로 사는 여자

몰입이 극에 다다라

완성되는 수채화

　−「점 혹은 선으로」 전문

　「무량수전 앞에서」는 '자화상'이라는 부제가 붙어있다. 무량수전을 통해 자신을 성찰하는 시편이다. "생생하게 산다는 게 잘 견딘 값이라며/ 가운데 둘레 굵게 물결무늬 새겨 넣고"라는 표현에서 화자의 외양이 짐작이 간다. 그래서 종장 "허리라/ 이름 붙여서 걸어가는 배홀림기둥"이라는 이채로운 은유가 가능했던 것이다. 화자는 "손 짚어 느껴보니 실핏줄 흐르는 강/ 뜨거운 소용돌이 감고 도는 시름들"이 자신 안에 잠재해 있는 것을 절감한다. 사는 일이 결코 만만치 않다는 것을 여실히 입증하고 있기 때문이다. 그렇기에 "먼 하늘/ 땅을 잇대어 뿌리내린 채 서있"으면서 자존감을 놓치지 않으려는 의지를 보인다. 미묘한 울림을 가진 작품이다.

　「점 혹은 선으로」에 등장하는 여자는 암벽을 찍는 사진작가다. 시에서 잘 드러나듯 목숨을 건 작업이다. "까마득한 절벽에/ 진종일 매달려// 수많은 손톱자국/ 발자국을 캐는 그녀"는 보통 사람의 삶과는 전혀 다른 인생을 산다.

하여 화자는 "설레는 접사렌즈엔/ 애무 중인 피사체"라는 에로틱한 이미지를 도입하여 그 일이 얼마나 극한 작업인지 역설적으로 표현하고 있다. 그러므로 "숨소리가 찍힌다"라고까지 하면서 보이지 않는 "적벽 속살"을 들추어낸다. 그 여자는 "가파른 저 산에 들어/ 거미로 사는" 사람이다. 인간의 경지를 초극한 정신과 육신으로 산다. 이를 두고 화자는 끝으로 "몰입이 극에 다다라/ 완성되는 수채화"라고 끝을 맺는다. 아무나 해낼 수 없는 일을 목숨 걸고 행하는 한 암벽의 여자를 통해 "점 혹은 선으로" 사는 이의 집념과 예술혼을 읽는 것만으로도 정신적 수확을 얻은 느낌이 든다.

새벽이 오나 보다 수런거리는 대숲에
돌풍에 허리 꺾인 수문장 왕대들
딴생각 시답잖은 말 걸러내지 못해서

아직도 못다 한 정 주고 갈 게 남아서
죽통밥 한 그릇에 육허기를 채운다
강물은 푸른 들 들어 노을을 들여놓고

그 자리 새살 돋아 소국이 저리 지천
멀리서 내가 온 것도 향기에 취해서다
난 자리 야물게 익어 팽창하는 십리대숲
　　－「십리대숲」 전문

붙잡을 수 없어서 애틋하게 보낸 기차
허공을 어루만지자 드러나는 윤곽이
사십 년 외길 역무원 아버지로 떠오른다

수만 마디 독백을 삼키는 기적 소리
이제야 알 것 같아 다시 듣는 이곳에서
자갈돌 먼 진동에도 일제히 일어선다

찬바람 견딘 역사 모를 리 없는 결별
그 두께 벗기며 도는 향나무 그림자
노제를 마친 선로에 붉은 명정 덮인다
　　－「불국사역에서」 전문

오가다 본 나무가 꽃 피울 줄 몰랐고

그 나무 그늘 아래 나 머물 줄 몰랐네

자잘한 꽃잎 흔들며 귓속말을 던져도

짓궂은 바람인가 허공을 쳐다보며

스스로 키를 낮춰 들을 줄 몰랐는데

간지럼 살살 태우며 붉은 마음 훔치네
  - 「배롱나무」 전문

「십리대숲」은 도심에서 잘 볼 수 없는 싱그러운 대숲 이야기다. "새벽이 오나 보다 수런거리는 대숲에/ 돌풍에 허리 꺾인 수문장 왕대들"을 바라보다가 "딴생각"이나 "시답잖은 말"을 채 걸러내지 못하며 사는 삶을 환기하고 있다. 화자는 "아직도 못다 한 정 주고 갈 게 남아서/ 죽통밥 한 그릇에 육허기를 채"울 수밖에 없는 현실을 토로한다. 그 반면에 "강물은 푸른 들 들어 노을을 들여놓고" 있지 않은가? 더 나아가 "그 자리 새살 돋아 소국이 저리 지천"인 것을 보면서 그 향기에 취한다. 끝으로 "난 자리 야물게 익어 팽창하는 십리대숲", 즉 팽창하는 생명의 어우러짐을 눈여겨본다.

「불국사역에서」는 103년의 역사를 뒤로하고 복선 전철화로 폐역이 된 불국사역에 대한 아쉬움을 토로하고 있다. "붙잡을 수 없어서 애틋하게 보낸 기차/ 허공을 어루만지자 드러나는 윤곽이/ 사십 년 외길 역무원 아버지로 떠오른다"라는 첫 수가 실감 실정으로 읽힌다. 특히 "허공을 어루만지자"라는 구절은 인상적으로 다가와서 큰 울림을 안긴다. 미학적 언어 운용이 돋보이는 대목이다. 둘째 수도 같은 톤으로 다가온다. "수만 마디 독백을 삼키는 기적 소리/ 이제야 알 것 같아 다시 듣는 이곳에서/ 자갈돌 먼 진동에도 일제히 일어선다"에서 보듯 감정을 통제한 표현으로 공감을 불러일으킨다. 끝 수도 마찬가지다. "찬바람 견딘 역사 모를 리 없는 결별/ 그 두께 벗기며 도는 향나무 그림자/ 노제를 마친 선로에 붉은 명정 덮인다"라고 완벽에 가까운 육화를 보인다. 특히 "그 두께 벗기며 도는 향나무 그림자"라는 중장은 곱씹어 음미하도록 만든다. 예사로운 표현이 아니다. 오랜 공력 끝에 얻어낸 미려한 구절이다.

'배롱나무'에 관한 시는 지천이다. 그러나 이 작품은 새로운 관찰과 미적 정황 연출로 눈길을 끈다. "오가다 본 나무가 꽃 피울 줄 몰랐고// 그 나무 그늘 아래 나 머물 줄 몰랐네"라는 진술에서 화자가 예상치 못했던 '나무 그늘 아래 머묾'이라는 작은 사건이 눈에 쏘옥 들어온다. 꽃나무가 그동안 "자잘한 꽃잎 흔들며 귓속말을 던"지기를 수도 없이 거듭했건만 미처 알아차리지 못했던 것이다. 눈짓에 응답하지 못한 아쉬움을 화자는 가지고 있는 셈이다. 그리하여 둘째 수는 "짓궂은 바람인가 허공을 쳐다보며// 스스로 키를 낮춰 들을 줄 몰랐는데// 간지럼 살살 태우며 붉은 마음 훔치"는 것을 바라보면 화자는 속으로 탄복하고 있을 것만 같다. 자연과의 내밀한 교감은 이렇듯 아름다운 일이다.

꽃씨 든 돌부리를 내게로 걷어차니
무르팍은 서둘러 동백을 피워내고

쓰려라
입술 언저리
욱신거리는
붉은 말

-「나의 봄」 전문

너무 붉어 눈물 난다 거짓말하는 순간
이별인지 사별인지 농도를 가늠하는
당단풍 아홉 갈래 잎 가슴께로 떨어진다

예순이 넘은 여자 쉰이 넘은 여자
어느새 현관문이 낭군이 된 두 여자
열세 평 좁은 바다에 빈 당도리 띄워놓고

마른 수건 물 축이듯 늘어놓는 방백이
두 갈래 혓바닥의 뱀으로 기고 있다
사는 게 다 그렇지요 한마디로 뚝 끊고

겉으로 내색 않고 속으로 태질하는
드센 소용돌이 용케도 견디는데
찻잔에 날 가둬놓고 입고픈 걸 푸는 그녀
-「당도리 띄워놓고」 전문

「나의 봄」은 단시조로서 손색이 없다. "꽃씨 든 돌부리를 내게로 걸어차니"로 볼 때 누군가가 자신에게 그러한 도발을 한 것으로 보인다. 그가 누구일까? 그 순간 "무르팍은 서둘러 동백을 피워내고" 있다고 노래한다. 생동감이 넘치는 매우 신선한 표현이다. 무르팍이 동백을 피워낸다는 이 창의적인 상상력은 시에 새로운 힘으로 작용한다. 미학적 울림이 크다. 그러면서 종장은 이채롭게 끝을 맺고 있다. "쓰려라/ 입술 언저리/ 욱신거리는/ 붉은 말"이라는 간결하면서도 긴장감으로 빼곡히 둘러싸여 있는 서정성이 농후한 직조가 눈길을 사로잡는다. 화자의 "나의 봄"은 이처럼 남다르고, 아픔마저도 승화시켜서 감동을 안긴다. 단시조의 또 다른 모델이라는 생각이 든다.

「당도리 띄워놓고」는 다소 호흡이 긴 작품이다. 스토리가 있는 시조 세계를 연출하고 있다. '당도리'는 예전에 바다로 다니는 나무로 만들어진 큰 배를 이르던 말이다. 특이한 이름을 글감으로 삼은 점이 인상적이다. 첫 수 "너무 붉어 눈물 난다 거짓말하는 순간/ 이별인지 사별인지 농도를 가늠하는/ 당단풍 아홉 갈래 잎 가슴께로 떨어진다"라는 전개에서 이미 모든 것을 말하고 있는 것으로 보인다. 그러니까 "예순이 넘은 여자 쉰이 넘은 여자" 둘이서 겪은 슬픈 사연이다. 하여 두 여자는 "어느새 현관문이 낭군이 된"지 오래다. 그렇기에 자주 회동하여 "열세 평 좁은 바다에 빈 당도리 띄워놓고" 기나긴 이야기를 나누고 있는 것이다. 그 구체적인 대화는 "마른 수건 물 축이듯 늘어놓는 방백이/ 두 갈래 혓바닥의 뱀으로 기고 있다"라는 진술에서 확연히 드러난다. "사는 게 다 그렇"다면서. 화자는 끝으로 말한다. "겉으로 내색 않고 속으로 태질하는/ 드센 소용돌이 용케도 견디는데/ 찻잔에 날 가둬놓고 입고픈 걸 푸는 그녀"의 모든 말을 들어주고 있다. 자신도 오죽 할 말이 많을까? 그러나 들어주는 데 시간과 노력을 기울인다. 자신보다 그가 더욱 입이 고프기 때문이다. 이러한 특별한 스토리를 풀어나가는 작품이 「당도리 띄워놓고」이다. 신산의 삶에 대해 숙고하게 한다. 이처럼 수다는 속의 응어리를 풀어내는 데 도움이 된다. 귀담아들어 주는 일의 효용성이 크다는 것을 화자는 익히 알고 있기에 귀를 부지런히 연다. 이 일은 치유의 과정이 되기도 할 것이다.

칼국수로 마주 앉은 첫 만남은 서툴렀다

아무리 팔 뻗어도 닿을락 말락 하던 시간

젓가락 어루만지다 수줍게 감겨오는

이태 전 던진 말로 고명 얹어 맛을 여민

면발을 끌어당기는 후루룩 후럼구가

싱거운 고추 한 입에 요란하게 잘린다

겉도는 결 고운 말 들깻가루로 섞이다가

깍두기 국물 같은 술적심에 넘어가는

아~ 하고 끝난 간투사 편도만 붉은 고백
　－「밀레에서」 전문

　밀레는 서양의 화가 이름을 연상케 하지만 칼국숫집
이름이다. 두 사람의 만남이 이루어지는 현장이다. "칼국
수로 마주 앉은 첫 만남은 서툴렀다// 아무리 팔 뻗어도
닿을락 말락 하던 시간"이었고, "젓가락 어루만지다 수줍

게 감겨오는" 미묘한 분위기였다. "이태 전 던진 말로 고
명 얹어 맛을 여민// 면발을 끌어당기는 후루룩 후렴구
가// 싱거운 고추 한 입에 요란하게 잘린다"라는 둘째 수
에서 "이태 전"이라는 표현을 주목하게 된다. 그러니까
두 사람의 만남은 이태 전으로 거슬러 올라간다. 상황은
연이어진다. "겉도는 결 고운 말 들깻가루로 섞이다가//
깍두기 국물 같은 술적심에 넘어가는// 아~ 하고 끝난
간투사 편도만 붉은 고백"이라는 마무리를 통해 만남의
결과를 짐작할 수 있다. 만남의 장소로 칼국수 가게는 적
절하지 않을지도 모른다. 그러나 생각하면 더욱 인간적
인 공간이기도 하다. 한 마디 간투사인 감탄 끝에 "편도만
붉은 고백"이었으니, 그다음의 일은 상상에 맡길 일이다.

　겨울을 밀어낸 함성
　가지 끝에 터지자

　화사가
　겹
　　겹
　이라

할 말 잃은 흙무로에

활처럼

등이

흰

달빛

꽃보라 속 파고든다

강물 위로 해끗해끗

꽃눈 뿌리던 바람도

서천 위로

꺼억

꺼

억

다리 놓던 새 울음도

꽃무늬

차렵

이불

에

단꿈 젖는 밤이다
　－「흥무로의 봄」 전문

　경주의 4월은 벚꽃 길로 유명하다. 하늘의 꽃구름이 일
시에 내려앉은 듯한 황홀경을 연출한다. 흥무로는 경주
시 서악동에서 시작하여 석장동을 거쳐 연결하는 도로
다. 벚꽃이 좋은 길이다. 「흥무로의 봄」은 그러한 정경에
몰입되어 연행갈이도 벚꽃 잎 흩날리듯 자유분방하다.
시조는 정형시이므로 가끔 이러한 기사 형식을 동원하
는 방식을 선택하는 일이 흥미로울 수가 있다. "겨울을 밀
어낸 함성/ 가지 끝에 터지자"라는 초장부터 긴박감을 안
긴다. 그다음 "화사가/ 겹/ 겹/ 이라"고 스타카토식으로
끊어 표현하면서 개화의 아름다움을 노래한다. 정말 "할
말" 잃은 흥무로다. 종장 전구 "활처럼/ 등이/ 휜/ 달빛"이
라는 매혹적인 이미지 구사 끝에 "꽃보라 속 파고든다"라

고 자아와 세계의 일체화를 이룬다. 이 모든 아름다움은 둘째 수 "강물 위로 해끗해끗/ 꽃눈 뿌리던 바람도// 서천 위로/ 꺼억/ 꺼/ 억// 다리 놓던 새 울음도// 꽃무늬/ 차렵/ 이불/ 에// 단꿈 젖는 밤"으로 이행되면서 홍무로의 봄은 절정을 맞는다.

3

　설경미 시인은 첫 시조집 『첫사랑 주식회사』를 설립하였다. 앞으로 주가가 치솟아 올랐으면 한다. 갑자기 뛰어오르지 않고 천천히 상승 곡선을 그렸으면 하는 바람 간절하다. 한술 밥에 배부를 수 없듯이 한 권의 시조집으로 모든 것을 다 말할 수는 없는 일이다. 그러므로 "천 리 길도 한 걸음부터"라는 옛말을 기억하며 뚜벅뚜벅 걸어가야 할 것이다. 그의 시 세계는 한마디로 '그리워야와 그리워해야 사이의 시학'이라고 불러도 좋을 것이다. 그 험난한 경계를 넘나들며 문학과 삶을 어기차게 견인하고 있기 때문이다. 자신만의 음역을 확대하고 심화하는 일에 전념하여 빛 부신 세계를 꾸준히 열어가기를 소망한다.

마지막으로 집어 든 고구마 말랭이
부드러운 봄날의 혀 느끼는 순간이다
그 사람 존재의 무게 전부를 받아들여

가슴을 녹일 만큼 입술에 펴 바르며
저 멀리 땅끝마을 아련히 넘어간다
에프 원 첫사랑이라 그래서 달았구나

손끝에서 새록새록 풋내가 돋는다
사진 속 옷에서 날개가 퍼덕일 때
가끔은 시간의 덮개 들추는 게 낙이다
　　―「첫사랑 주식회사」 전문

　『첫사랑 주식회사』에서 그가 펼치고 있는 살갑고도 인
정스러운 세계는 앞으로 그가 지향해야 할 한 소중한 영
역이라는 느낌이 든다. 이미 장거리 경주의 출발선이 저
만치 가물거리므로 철저한 프로정신, 장인정신으로 언어
의 금맥을 줄기차게 천착할 일이다.
　설총의 후예, 설경미 시인의 건승과 건필을 기원하면
서 첫 시조집 『첫사랑 주식회사』 상재를 크게 축하한다.

첫사랑 주식회사

—

초판 1쇄 2023년 7월 25일
지은이 설경미
펴낸이 김영재
펴낸곳 책만드는집

—

주소 서울 마포구 양화로 3길 99, 4층 (04022)
전화 3142-1585·6
팩스 336-8908
전자우편 chaekjip@naver.com
출판등록 1994년 1월 13일 제10-927호
ⓒ 설경미, 2023

—

* 이 책의 판권은 저작권자와 책만드는집에 있습니다.
  이 책 내용의 전부 또는 일부를 재사용하려면 양측의 동의를 받아야 합니다.

—

ISBN 978-89-7944-841-2 (04810)
ISBN 978-89-7944-354-7 (세트)